草の花

青井 喜美子
AOI Kimiko

文芸社

目次

第一章　草の花

平成三年

色褪せて肌に馴染めり夏布団

言い足りぬ話のとだえ梅雨暗し

青田には何か居るらし水動く

青田道犬の鎖を放ちけり

子ら集ふ星のない夜の星祭り

六地蔵やさしほとりのコスモスも

長話打ち水の手を止めしまま

秋手入れ空ひろびろと庭もまた

置き去りの玩具砂場に月明かり

秋の空二つに分けてクレーン立つ

籾殻の煙ひとすじ朝の月

手の荒れを頬に感じて冬に入る

平成四年

写経する影を障子に大覚寺

なわとびの弾む前髪風光る

新調の日傘開けたり回したり

蕗味噌を求め短き旅終わる

風鈴の揺れ納まりし軒暮るる

落葉松《からまつ》の道行き止まり九輪草

子狸の鎖垂たし夏の荘《そう》

触れし手にかすかに応え九輪草

丸窓に南天の影良夜なる

コスモスの揺れいる彼方海光る

朝寒の村に人なく犬通る

娘の進路決まり檸檬を真二つに

毛糸編む刻過ぐるまま灯《ひ》ともさず

平成五年

寒肥撒く僧侶がひとり岩船寺

週末の夕餉をひとり冴え返る

凧《たこ》日《び》和《より》点となるまで糸繋ぐ

まどろみの夢を破りし猫の恋

梔子《くちなし》や嘘見え隠れ娘の電話

祝《ほ》ぎの客送りひとりの冬座敷

つるもどき祝ぎの言葉の佳き日かな

職辞してよりの暮らしの春を待つ

平成六年

恋猫の往き来の路地や雨の午後

汐の香をかすかに残し夏帽子

妊《みごも》りし猫公園に梅雨晴れ間

花菖蒲終《つい》の一花の開き切り

大きめのハンカチも入れ旅支度

二十時のリヨンの駅は日の盛り

暑き夜異国で綴る旅便り

長旅を戻りて仰ぐ盆の月

藤袴肩の高さで咲きにけり

退職の夫と夜長の灯を頒《わか》つ

仏画展訪《と》ひたるのみに冬至暮れ

平成七年

婚の荷の届くお向かい春隣り

暁の夢破られし春の雷

荘《そう》に入る野遊びの靴ぬぎ捨てて

垣根ごし初生りの茄子もらいけり

すれ違ふ大きいつばの夏帽子

わが声も夫の声も滝の中

朝顔や一度は着たい服の色

迷いつつたどるに展《ひら》け大花野

吐く息の白し川辺に友待てば

鬼柚子の片手に余る重さかな

上出来の賀状意中のあの人へ

平成八年

店先のポインセチアの朱に見入る

終い湯でタイルも磨き年の暮れ

夫を待つ毛糸の玉の細るまで

目覚ましを両手で止めて朝寝かな

胸もとの銀のブローチ春の雷

老眼鏡拭いて数える牡丹の芽

大安の朝開き初む福寿草

散る花にお抱え地蔵抱き上ぐ

山寺の大太鼓打ち春惜しむ

靴先に花屑をつけ坂下る

春陰の隠れ信者の洞覗く

宿浴衣湯の香そのまま膳につく

明日香川芹生ひ茂り水はやし

解決の糸口の見えレース編む

張り替えし網戸に寄りて風を待つ

ひとしきり葦切《よしきり》鳴いて櫓のきしむ

裏参道肩触れあえば萩こぼる

虫すだく湯船に深く身を沈め

参道の果てに塔あり冬の空

平成九年

空白の日は謎めいて古日記

寄せ鍋にまず火をつけて乾杯す

春遠しちぎれ暖簾の峠茶屋

一列に行きて戻りぬ雪野かな

余呉湖畔釣人赤きアノラック

雨の音背なで聞きつつ春炬燵

春の雷日記に書かぬ事ありて

ポケットの底の小銭や春寒し

落椿ふり返りても誰も居ず

閑《しず》谷《たに》の芽吹き異なる楷《かい》双《そう》樹《じゅ》

郵便はがき

料金受取人払郵便

新宿局承認

2524

差出有効期間
2025年3月
31日まで
(切手不要)

160-8791

141

東京都新宿区新宿1－10－1
(株)文芸社
愛読者カード係 行

ふりがな お名前			明治 大正 昭和 平成 年生 歳	
ふりがな ご住所	□□□-□□□□			性別 男・女
お電話 番号	(書籍ご注文の際に必要です)	ご職業		
E-mail				
ご購読雑誌(複数可)		ご購読新聞 新聞		

最近読んでおもしろかった本や今後、とりあげてほしいテーマをお教えください。

ご自分の研究成果や経験、お考え等を出版してみたいというお気持ちはありますか。

ある　ない　内容・テーマ(　　　　)

現在完成した作品をお持ちですか。

ある　ない　ジャンル・原稿量(　　　　)

書　名			
お買上 書　店	都道 府県　　　　市区 郡	書店名	書店
		ご購入日	年　　月　　日

本書をどこでお知りになりましたか?
1.書店店頭　2.知人にすすめられて　3.インターネット(サイト名　　　　　　　　)
4.DMハガキ　5.広告、記事を見て(新聞、雑誌名　　　　　　　　)

上の質問に関連して、ご購入の決め手となったのは?
1.タイトル　2.著者　3.内容　4.カバーデザイン　5.帯
その他ご自由にお書きください。
(　　　　　　　　)

本書についてのご意見、ご感想をお聞かせください。
①内容について

②カバー、タイトル、帯について

弊社Webサイトからもご意見、ご感想をお寄せいただけます。

ご協力ありがとうございました。
※お寄せいただいたご意見、ご感想は新聞広告等で匿名にて使わせていただくことがあります。
※お客様の個人情報は、小社からの連絡のみに使用します。社外に提供することは一切ありません。

残り香のハンカチ一つ席にあり

刻々と漁火のふえ窓涼し

月代や見知らぬ人と橋の上

ななかまど茶店の前の古き椅子

枯葉浮く深夜の露天湯にひとり

砂山に足あと重ね小春凪

平成十年

旅疲れポインセチアは白が好き

艶やかに黒豆仕上げ妻の春

バスの旅右に左に山笑ふ

野遊びのいつしかひとり寺の鐘

夕刊を広げ風待つ端居《はしい》かな

宿下駄の乱れておりぬ大西日

一列の僧遠ざかり夏薊《あざみ》

留守がちの風船《ふうせん》葛《かずら》増えし庭

夏痩せの父の肩抱き写真撮る

見送りの父に手を振る夜寒かな

不器用に生きて今年もはや師走

棒鱈の値札裏向き年の市

平成十一年

夫病んで籠りがちなる年の暮れ

表編みつづく裏編み去年今年

煮こぼれのレンジを磨くはや三日

背のびして夫留守の門注連《しめ》はずす

夫入院梅の蕾の固き朝

点滴の終の一滴日脚伸ぶ

春寒し閉店セール客まばら

同窓会果ててバス待つ木の芽雨

天守より望む伊吹や雪残る

花冷えの階段険し天守閣

城包む花の雲間に濠光る

雨もよふ暗き山路や著莪《しやが》の花

片陰も人影もなき武家屋敷

青蜥蜴《あおとかげ》きのうと同じ石の上

一日の終わりあしたの麦茶煮る

さくらんぼ手鏡のごと手のひらに
ひと降りに色よみがえる四《よ》葩《ひら》かな
これからの事切り出せず冷奴

条幅の墨のかすれや秋簾
藤袴今日の風向き西寄りに
枝先のことに色濃き梅《うめ》擬《もどき》

平成十二年

寝仏の落葉の襞に沈みをり

病む夫のひと言重き寒の入り

薄氷さりげなく拭く涙かな

菖蒲の芽数え一日始まりぬ

囀りや木漏れ日に立つ石仏

廃屋の高き石垣矢車草

楠若葉鎮守の杜を包みけり

河鹿《かじか》鳴くせせらぎの中闇の中

風いでて三日つづきの夜の雷

墓参りひと日かぎりの大家族

マンションの百の暮らしの秋灯《あきあかり》

杜鵑草《ほととぎす》夫の支えとなる暮らし

一枚ははずさぬままの秋簾

次の角曲がれば実家の石蕗の花

平成十三年

初暦大きな印通院日

暖かや安楽椅子の向き変える

春の雲山より生まれ山に消ゆ

夫留守の部屋ひろびろと寒露なる

荷を解けばふるさとの香の干し大根

平成十四年

これ以上開ききれない白木蓮

平成十五年

口笛の遠のいてゆく春の宵

鳳仙花ついに明かさぬ胸の内

もてなしのワインの旨し鱧旨し

初日記夫完食と記しけり

初電話夫の病にふれぬまま

マスクしてマスクの人と目で笑ふ

宵越しの春雨やまぬ日曜日

走り梅雨傘開く人閉じる人

雨だれの音の厨に鹿尾菜《ひじき》煮る

雷鳴の遠ざかりゆく部屋にひとり

あしび咲く昨夜よりつづく胸さわぎ

滴りや跼《かが》みて拝む六地蔵

絨毯に夫の座りしくぼみあり

平成十六年

足伸ばすひとりに広し春炬燵

虹仰ぎいて焼き魚焦がしけり

蟬落ちて鳴きつつ果ててしまいけり

休日の病廊靴の音冴ゆる

「帰りたい」夫のひと言十二月

百合鷗同じ方見て同じ貌

平成十七年